当代诗人自选诗

虚无集

郁颜——著

《星星》历届年度诗歌奖获奖者书系

梁　平　龚学敏　主编

四川文艺出版社

星星与诗歌的荣光

梁 平

《星星》作为新中国第一本诗刊，1957年1月1日创刊以来，时年即将进入一个花甲。在近60年的岁月里，《星星》见证了新中国新诗的发展和当代中国诗人的成长，以璀璨的光芒照耀了汉语诗歌崎岖而漫长的征程。

历史不会重演，但也不该忘记。就在创刊号出来之后，一首爱情诗《吻》招来非议，报纸上将这首诗定论为曾经在国统区流行的"桃花美人窝"的下流货色。过了几天，批判升级，矛头直指《星星》上刊发的流沙河的散文诗《草木篇》，火药味越来越浓。终于，随着反右运动的开展，《草木篇》受到大批判的浪潮从四川涌向了全国。在这场声势浩大的反右运动中，《星星》诗刊编辑部全军覆没，4个编辑——白航、石天河、白峡、流沙河全被划为右派，并且株连到四川文联、四川大学和成都、自贡、峨眉等地的一大批作家和诗人。1960年11月，《星星》被迫停刊。

1979年9月，当初蒙冤受难的《星星》诗刊和4名编辑全部改正。同年10月，《星星》复刊。臧克家先生为此专门写了《重现星光》一诗表达他的祝贺与祝福。在复刊词中，几乎所有的读者都记住了这几句话："天上有三颗星星，一颗是青春，一颗是爱情，一颗就是诗歌。"这朴素的表达里，依然深深地彰显着《星星》人在历经磨难后始终坚守的那一份诗歌的初心与情怀，那是一种永恒的温暖。

时间进入20世纪80年代，那是汉语新诗最为辉煌的时期。《星星》诗刊是这段诗歌辉煌史的推动者、缔造者和见证者。1986年12月，在成都举办为期7天的"星星诗歌节"，评选出10位"我最喜欢的中青年诗人"，北岛、顾城、舒婷等人当选。狂热的观众把会场的门窗都挤破了，许多未能挤进会场的观众，仍然站在外面的寒风中倾听。观众簇拥着，推搡着，向诗人们"围追堵截"，索取签名。有一次舒婷就被围堵得离不开会场，最后由警察开道，才得以顺利突围。毫不夸张地说，那时候优秀诗人们所受到的热捧程度丝毫不亚于今天的任何当红明星。据当年的亲历者叶延滨介绍，在那次诗歌节上叶文福最受欢迎，文工团出身的他一出场就模仿马雅可夫斯基的戏剧化动作，甩掉大衣，举起话筒，以极富煽动性的话语进行演讲和朗诵，赢得阵阵欢呼。热情的观众在后来把他堵住了，弄得他一身的眼泪、口红和鼻涕……那是一段风起云涌的诗歌岁月，《星星》也因为这段特别的历史而增添别样的荣光。

成都市布后街2号、成都市红星路二段85号，这两个地址已经默记在中国诗人的心底。直到现在，依然有无数怀揣诗歌梦想的年轻人来到《星星》诗刊编辑部，朝圣他们心中的精神殿堂。很多时候，整个编辑部的上午时光，都会被来访的读者和作者所占据。曾担任《星星》副主编的陈犀先生在弥留之际只留下一句话："告诉写诗的朋友，我再也不能给他们写信了！"另一位默默无闻的《星星》诗刊编辑曾参明，尚未年老，就被尊称为"曾婆婆"，这其中的寓意不言自明。她热忱地接待访客，慷慨地帮助作者，细致地为读者回信，详细地归纳所有来稿者的档案，以一位编辑的职业操守和良知，仿佛春风化雨，润物无声地温暖着每一个《星星》的读者和作者。

进入21世纪以后，《星星》诗刊与都江堰、杜甫草堂、武侯祠一道被提名为成都的文化标志。2002年8月，《星星》推出下半月刊，着力于推介青年诗人和网络诗歌。2007年1月，《星星》下半月刊改为诗歌理论刊，成为全国首家诗歌理论期刊。2013年，《星星》又推出了下旬刊散文诗刊。由此，《星星》诗刊集诗歌原创、诗歌理论、散文诗于一体，相互补充，相得益彰，成为全国种类最齐全、类型最丰富的诗歌舰队。2003年、2005年，《星星》诗刊蝉联第二届、第三届由中宣部、国家新闻出版总署、国家科技部颁发的国家期刊奖。陕西一位读者在给《星星》编辑部的一封信中写道："直到现在，无论你走到任何一个城市，只要一提起《星星》，你都可以找到自己的朋友。"

2007年始，《星星》诗刊开设了年度诗歌奖，这是令中国诗坛瞩目、中国诗人期待的一个奖项。2007年，获奖诗人：叶文福、卢卫平、郁颜。2008年，获奖诗人：韩作荣、林雪、荣荣。2009年，获奖诗人：路也、人邻、易翔。2010年，获奖诗人、诗评家：大解、张清华、聂权。2011年，获奖诗人、诗评家：阳飏、罗振亚、谢小青。2012年，获奖诗人、诗评家：朵渔、霍俊明、余幼幼。2013年，获奖诗人、诗评家：华万里、陈超、徐钺。2014年，获奖诗人、诗评家：王小妮、张德明、戴潍娜。2015年，获奖诗人：臧棣、程川、周庆荣。这些名字中有诗坛宿将，有诗歌评论家，也有一批年轻的80后、90后诗人，他们都无愧是中国诗坛的佼佼者。

感谢四川文艺出版社在诗集、诗歌评论集出版极其困难的环境下，策划陆续将每年获奖诗人、诗歌评论家作品，作为"《星星》历届年度诗歌奖获奖作者书系"整体结集出版，这对于中国诗坛无疑是一件功德无量的举措。这套书系即将付梓，我也离开了《星星》主编的岗位，但是长相厮守15年，初心不改，离不开诗歌。我期待这套书系受到广大读者的青睐，也期待《星星》与成都文理学院共同打造的这个品牌传承薪火，让诗歌的星星之火，在祖国大地上燎原。

2016年6月14日于成都

目录

2015　身体里的故乡

2014　春风帖

2013　虚度

2012 万水千山皆无用

2011　草木之心

2010　体　温

2007　省略

2004—2006　鸟声

| 2015 | 身体里的故乡

身体里的故乡

身体有它的过错、隐秘与局促

每一处伤疤，都是它的故乡

它们替你喊疼，替你埋葬悔恨

隐瞒你，包容你，忍耐你，又无声地陪伴你

2015年3月4日丽水

故人帖

一人枯坐

坐成一片雪地

埋下纷纷扬扬的欲念

总有那么一个时辰，会在独处时

慢下身来

如遇晚归的故人

2015年3月9日丽水

落叶帖

落叶

被我踩在脚下

夕光中，如一味草药

平静的样子

仿佛懂得了时光的苦

倘若哪一天，我也被熬成了泥和土

不与人为敌

不反抗、不雄辩

那也是它们教会我的

2015年3月10日丽水

指甲帖

年岁渐长，指甲里的月亮
跟随我这么多年
有的已经藏进了肉里
有的还固执地亮着，对抗着体内的黑暗

　　　　　　　　　　2015年3月17日丽水

风　帖

风吹过来，又吹过去
真是捉摸不透

听风者言：
它是你的，也是我的

所以，都不要急

2015年3月17日丽水

这人世的草原细雨绵绵

亲手做一顿早餐

一个人安静地吃完

打开窗帘，坐在沙发上发一会儿呆

和身体里的每一个旧我打个招呼

和春天里的每一个面孔

一一相认

匆匆韶光，允许自己做件傻事

学羊叫、学马叫、学风叫

这人世的草原细雨绵绵

真是有点舍不得，一觉就到了天亮

2015年3月1日丽水

远处的甜

友人寄来猕猴桃干
并叮嘱——
要洗一下，再放一点点水
加几勺白糖
蒸蒸透，再加点蜂蜜

甜，分明就是一种提醒
那些被储藏、遗失、风干的
又会是些什么

2015年9月20日丽水

原　谅

想一夜变老
落叶已替我躺下

想出走一次
远方已替我跋山涉水

想说出心里的爱
这世间已替我表白

人群里的很多事，他们都已替我做了
一直在辜负，而亏欠的将继续亏欠

那些我犯下的错
不希望再次被时间原谅

2015年3月1日丽水

分行帖

情绪泛滥时，允许我
写几行字

分行
但不分心

它们粗糙，却诚实
比胡荏潦草，和石头一样笨拙、坚硬

希望有一天
它们能让人心变得柔软

读懂，读不懂
都已不重要

2015年3月2日丽水

读心术

我写下的
你们都不要当作诗来读

它们都是
我的心

这个时代，谁能在光天化日之下
这样袒露

谁又能认出
哪一颗是你自己的

每次扪心自问
我同样会感到无比的羞愧

2015年3月2日丽水

教育课

上小学时
每背诵完一篇课文
老师就会在课本上用红笔
写上一个"背"字

回头想想，让我们背负苦役的
皆来自于
教育和记忆

而命运
从不会忘记
在你身上记上一笔

2015年3月7日丽水

| 2014 | 春风帖

古人颂

只待春风

吹我

有如吹一个新鲜的古人

2014年4月20日丽水

帘外细雨声如乡音

晨光中
万物各得其所

春风轻颂
帘外细雨声如乡音

而我
梦里访故人不遇

2014年3月9日丽水

春风帖

向一株草芥学习
蹲在地里，一言不发

春风也低下了头
低过了尘埃

死亡低于秃头的歪脖子树
低于后山的墓碑

我不曾醉心于此
却提前有了中年的心境

2014年2月5日玉岩

夜宿箬寮原始林

暴雨如注

栖身于水杉搭成的小木屋

藏在窗框缝里的蛐蛐

一点也不怕我

也就不去赶跑它了

2014年5月15日丽水

试 错

借我一生

把做过的错事再做错一遍

享受不断纠正、偏袒

自我和解的过程……温故，却不想知新

况且，新也会成为旧

2014年3月9日丽水初稿

2016年3月1日丽水改稿

马铃薯记

那年，我小心翼翼地

把马铃薯一个个藏进挖好的土坑里

母亲在边上撒上一抔草木灰

父亲呢，一一给它们浇上了粪水

暖风吹干脸颊上的汗液时

我们便往马铃薯们身上

盖上土，像是一场埋葬的仪式

我们默默地弯曲着腰

二月的乡野

多了一群忍住光芒的星子

为了再次和我们见面，才几天工夫

它们就狠狠地破土，并吐出了绿色的嫩芽

闪电一般，比呼吸还迷人

2014年2月2日玉岩

| 2013 | 虚度

虚 度

在夕光中，抽一根烟
在小城的深秋里，等一片落叶

晚风轻拂，看羊肉炖甘蔗
看烟火人间，看生菜、金针菇心事重重

萝卜还在地里
咸淡未知，甘苦不明

酒足饭饱了，就发个呆、走个神
再打个盹

人群中，必定会有人如我一般
每日进不了斗金，也说不出什么远大志向

那么，你又在辜负什么呢
天冷了，不如添个衣裳好过冬

你可曾想，一生中

总有那么些时光，是用来虚度的

2013年11月25日丽水

寄 远

想用纸写一封信，用饭粒封口
想步行去一趟邮局

一路上和很多人擦肩而过
没有一个和我相认，也不想告诉他们我是谁

黄昏时，走远路
去一个老友家蹭饭，就觉得很满足了

2013年11月26日丽水

拾 遗

拾一片尘土里的落叶

当作书签，封存树的纹理

拾一颗枝头上剩下的果子

不舍得一口吃掉

拾一枚鸟的羽毛

拿在手里，量量天空的体温

还有远处的芦苇丛里

被河流遗弃的那么多石头、枯枝

如果我想要

可以拾很多回去，趁还没有人要

2013年11月30日丽水

秋　帖

秋天都来了

该干点什么好呢

这个问题

听上去怎么有点似曾相识

虾蟹肥美，白了芦苇头

一阵秋雨一阵凉啊，我却少添了件旧衣裳

怅惘啊怅惘

很多东西

还来不及去写一写

而为什么有些东西，却懒得去写呢

2013年9月14日丽水

秋　歌

雨后新土酥软
湿漉漉的草木，弯下了腰

鸟儿在枝头
唱我最爱的秋日之歌

桂花还没开，更没落满地
唯有旋覆，开得像黄色的小太阳

如果你恰巧路过
那就停一停脚步吧

2013年8月31日丽水

冬天的记忆

记忆一望无际
记忆里的雪一望无际
茫然中，它们是多么的
似曾相识

这个冬日的午后
送走修空调的小工
坐回沙发上，突然记起了六年前走夜路时听的歌
那时，我还有一个远方的女朋友
那时的天气，没现在这么冷

一寸光阴，一寸金
我像一个垂垂老去的
账房先生
心不在焉地盘算着那些用旧的日子

2013年12月29日丽水

嚼雪的马

这个异乡的冬夜

我是一头打着响鼻的马，嚼着旷野的枯草

也嚼雪

漫天白色的花儿，视死如归地

停在我的背上

并不觉得冷，只是有点疼

2013年12月29日丽水

流　水

在浙江快客的最后一排

邻座无人

慵懒地躺着

听听歌、跷跷腿

头枕行李袋

窗外的隧道与群山

匆匆

飞逝而过

而我自顾自打盹

秋已深

我在行进中的车厢里，越陷越深

像一块石头

在流水里下落不明

2013年10月3日温州

咏　怀

早起，床上打坐

听窗外居然有鸟鸣

酒店无酒，对饮有无？旧相识们呢

他们托梦给我

嘱我胸怀万物，勿念一己之见

人群越是喧闹，越如山中行

乘坐观光电梯，有如一人登山

远眺处，皆是茅屋、客栈和书院

神仙以白云为外形

遮蔽了人世繁华的眼

我啊，曾自诩为一介书生

不快时，大可拂袖而去，不用同世人理会

但我没有——

我乐于临摹一套《草木集》

写一手他们看不懂的漂亮草书

闲话就不多说了——青莲兄，久等了，请

2013年4月23日温州

来访者

作为一个拙劣的来访者

顺从风雨洗礼

理解这里有序的生与死

不去计较因为绕道而变远的山径

一片不期而遇的林间空地

让我突然想到

悲伤这个词

为此，心甘情愿地孤独了一分钟

2013年8月25日丽水

山野之心

来这里不是为了逃避，恰是为了迎接
那个无比羞愧的我，重又复活
因而，拥有了廉耻之心

唯有向广袤的山野致敬
在它的腹地里，用小楷篆刻的旧碑文
是圣贤留下的遗产，至今风骨犹存

日落时分，天地散发着皱巴巴的古意
光阴这层薄宣纸，长成了活的拓片
隐士已下山，回人间枕书而眠，在梦里与万物为邻

2013年4月24日温州

山水书

无意中闯入它们的世界
以大风为外衣，野径为双脚

很多时候，我却把这山水拱手相让了
忙于自欺欺人，受尽了自我折磨
臃肿的身躯
越来越浑浊不清

在这泥沙俱下的生活里
一定还有很多尘事将迷惑我的眼
当然，我不觉得这是难以启齿的事
但我有愧——

还做不到
像山川、草木保持对土地的忠诚
对天空的信仰

2013年5月1日丽水

真 身

在大东坝的乡道对面
两座大山间不断弥漫的雾气
把泥瓦房团团包围，也不知里面还住不住人

我赶紧下车
却变得更加沮丧
其实，在看见雾气，以及被这雾气包围的事物之前
众神已拂袖而去

一条涨潮的河从脚边淌过
让我有了短暂的错觉
——山山水水无穷尽，犹如我的真身
当是永垂不朽的

2013年5月19日丽水

肋 骨

白云山不语
它身上横卧的石碑
是一根根天生的肋骨
被我的践踏，剔除了血肉

2013年5月5日丽水

雅　集

我是这山居图中
一枚闲章
心中有气象万千，去虚度这满天的光阴
发出不合时宜的雅集帖——

"午后品茶赏宝，谈艺论藏
室陈古琴，案有笔墨
兴所致，可泼墨、可操琴
亦可赋诗、涂鸦"

山路、松林、溪涧、云海
虎、豹、鹿、蛙等诸兄
纷纷跟帖——
兄，唯有这无边的风景
值得我们去辜负

来此走一遭，若能附庸风雅
想来，也是极为酣畅的

小酌或痛饮

也自然不用他人来相劝

2013年4月30日丽水

山中行

老树根当枕

卧于此的，是身体里的另一个大仙

脱离了俗世生活的正常轨道

看上去像是灵魂附体，让人感叹生不逢时

那阵从唐朝吹来的风

吹着吹着就没了

恰如我走着走着，就不见了

2013年4月30日丽水

山水课

文绉绉的山水

有不为人知的身世

一部分已经灵魂出窍

一部分还在顺应天命

我的前世木讷而迂腐

今生则活在一切情绪皆苦中

放不下爱

更放不下恨和苦

2013年4月26日温州

乱我心者

纵使心中有豪情万丈

纵使已在云中漫步

也敌不过这风雨中的闪电

它打通了山峦的经脉

解开了河流的衣带

此刻，乱我心者，唯有这一日千里的美

2013年4月23日温州

山水吟

草，那么多草
如此不修边幅
一直没人打理，却也长得挺顺眼
荒野之处，越不经意，却越有惊喜
所谓自然，即如此吧

恰如此山，有多高
路该往哪走，水该往哪流
山风在哪拐个弯
似早有隐秘的安排
这样想来，我甚至想与它们为伍
无须自作聪明地寻思所谓人世的规则和秩序
也不至于终日浑噩，不知所往

某日，长途跋涉时
反复吟唱山水歌，不曾这般知足
待山雨欲来，远山被迷雾掩埋
路遇一位老中医

曰：万物皆可入药

人人皆可永葆一副好心肠

2013年4月22日温州

春　风

江边的柳树，是一支披头散发的湖笔

一池春水上，有人撑篙磨墨

那一层层荡开的涟漪，将就着当宣纸用

雨后的水洼，权且当作砚台

以上，笔、墨、纸、砚都备好了

春风无价，在黄金地段给我送了这样一套露天书房

此时，街上的车辆和行人

都成了废石和枯柴

吾兄李白同志已在路上

在红绿灯下，他捋起一把白须

拦住了一路超速的春光

想想这一生，需要时常倚栏远眺

在江湖边，大醉一场，与尔同销万古愁

装模作样地学古人那般

吟诗作画，拥有一副好情怀

这美真是叫人无可奈何，让大好春光情何以堪呀

2013年4月22日温州

游　记

作为后世的游人，拙劣地模仿着先人的真迹
无用、无为，乐于自我折磨
以为山水为我无所独有

松柏笔直，荒野无人
这永不枯竭的碑石，在小径边的草丛里
发出微弱的光

暂时无法投身其中
为此，日日对抗着
躯壳里的虚无

一次又一次怀人、怀古
只愿这情怀长生不老
是为一记。四月廿四日

2013年4月24日温州

050

砍柴记

山脚下
已经飘起了炊烟
我和小伙伴们
急得直跺脚——
砍来的柴火，堆了一大堆
就是捆不起来
怎么背下山去呢

夜色越陷越深
我们不得不小跑回家
叫上各自的父亲来解围

一路上，像几条害羞的小尾巴
紧紧跟在后面
我还偷偷地向身边的黑色丛林
行了行愧疚的注目礼

2013年9月1日丽水

拔草记

那年夏天
在弯弯曲曲的田埂边
我和父亲，埋首于豆苗间
徒手给它们拔草

那还是个贪玩的年纪
我疲于这样的农活，有几次不小心
把整株豆苗也拔了出来
怕被父亲看到而遭受责怪
我迅速用小小的身子把它挡住
悄悄把它埋回去

我因此而窥探到了
它裸露的深灰色的根脉
一缕缕、一丝丝，毛细血管般
牵连着我幼小心灵里的罪过

那个拔草的夏天

我还发现了

很多泥土下的秘密

虫卵、蚁巢、碎瓷片、圆滑的石头……

那是一个不同于往常的世界

被我翻开又埋藏

仿佛是一次命中注定的相遇，惊喜而无措

2013年9月14日丽水

行 李

留一头长发，满脸胡子拉碴
用深不见底的眼眶
看远方

歧途上，要记得
用沙哑的喉咙，哼一曲沧桑的歌
去理解滚滚长江东逝水

他是大地母亲怀里一个破旧的行李
装满了疲倦、愧疚
以及对这个世界的仇恨、不解、揪心的疼
还有软弱的宽容

2013年8月28日丽水

树

我长得不会那么快
你还可以来得及
凑上来环抱，还可以在我身后十指相扣
春天来了，也可以围坐在我身边一起聚聚餐
吃吃喝喝，有说有笑
一阵风吹来，摇响满树的叶子
我也会忍不住发出笑声

一眼望去，整个园子里
都站满了树
它们都活得好好的
有一天，前尘往事果真成了云烟
死亡却是如此美好
跟随四季轮回，生生不息

假如有一天，你也躺下了
要么，也化成一抔灰
埋于树底，也顺便埋下一生的阴影

期待它慢慢长出你的气息和血脉

再爬到枝头和叶片上

看日出日落，云聚云散

天下起雨时，自然是不用撑伞的

2013年5月21日丽水

| 2012 | 万水千山皆无用

万水千山皆无用

在空荡荡的林中打坐

试图放下些什么

树丛底下，沉醉的松针也学我

远山不语

白日的林间小道

拦住了一头小兽的去路

衰败的灌木丛里

有一双难以察觉的眼睛

呵，万水千山皆无用

看山风轻抚故土

我自春兴秋落

2012年11月24日丽水

枯山水

这山中
似有仙人来过
在此虚度少年

满山的落叶皆不同，皆是孤本
去往山头打柴的路上
采得一味苦药，可治眼疾

我心滚烫，永不枯竭
欲雨时，未曾这般起伏不定
仿佛所有多情者，也都曾是绝情者

2012年12月11日丽水

白云山

沿着古老而迷人的山中小道走失
乱世依旧，而青松笔直、白云不语

此山独卧于此地
曾隐瞒了多少遗世风骨和虚弱时光

2012年7月6日丽水

致　敬

分叉的河流

在季节的流转里哼一支不老的情歌

故土怀着少年的心事

在践踏中把自己放下，并教会我们慈悲为怀

面对未来的死亡，我们

何以偿还

大地的养育之恩

唯有向正在受难的万物致敬

2012年8月16日丽水

愧 疚

这山中的松针是无须打扫的
这林子里的鸟鸣是无须隐藏的
抬头看看白云在天上飘荡，一晃眼
就变了形
这真是难以捉摸，却又如此美好

此山已无猛虎，可以自由出入
唯有漫山遍野的草木
游子一般
难以一一相认

在山中游荡，与山径同行，和它一样默不作声
并顺应自然朴素的安排，有点悠然自得
似乎已经不需要再拥有什么了

其实，说无欲求是假的
来此山，以求抵抗山下更多有形之物的勇气
和面对山中景物时才有的

深深的愧疚

2012年8月18日丽水

山中拾遗

去山涧里，洗脚、流淌
惊喜地照见，尘世里那副陌生的嘴脸
呼吸可以沉默一样无声，涟漪一般荡漾
想想还有什么事，值得如此痴迷

其实，我是多么崇尚古人的活法
一袭青衫
蓄发、捋须
山中捡拾枯木，生火、煮酒

如果可以，去爱山中的万物
去受人间更多的苦
试着放弃更多

如此，便可以无畏无惧
便可以度过
这短暂而漫长的一生

2012年5月2日丽水

入秋寄友

入秋之日，远游归来

回吾乡

寻一处旧宅，哼一曲咏物小调

蹚过已经有些冰凉的溪涧水

山径蜿蜒，如山风

如林间藤蔓

枯柴潦草，故土怀抱残碑

四下无人，独行至此，其他话都不说了

只欲借野外一隅，歇息一刻

然何枝可栖

漫山遍野的秋风，是否居无定所

还是也学我，念天下之忧

垂暮时分，信手起个仿古笔名，用来誊写手稿

落木如约发来一帖——

兄，请雅正

2012年10月5日丽水

有 寄

呵，寂静的山野
理想国的遗物
此刻，我又躲进你的怀抱

远方的友人啊
虚无如我，一人独坐山坡的石阶上
如一段枯木

青山不语，嗑瓜子至深夜
有如夜的窃窃私语，窸窸窣窣、窸窸窣窣
你可听到

2012年4月30日丽水

抒 怀

早起，捻诗一枚
这时光中沉浮的玩意儿
如此不合时宜
却愈显可贵

我一介宅男，喜拿旧书当枕头
却很少去读
你可不知，春风吹动窗帘时
独自放歌最应景

有时想想，所谓的大好时光
也无非就是
背靠青山，学枝头鸟鸣——
叽叽、喳喳、嘻嘻、嗦嗦
嘶嘶、啾啾、咕咕……
彼时，悲欣全无

2012年5月1日丽水

山水间

天、地、山、水
都是古人留下的活着的遗产

晚风轻拂，吹不散它们身上的尘埃
仿佛一切都功德圆满

如果天人真能合一
我愿用余生换得真气，换回一副好情怀

徜徉山水间
仿佛就过不完这一生

2012年8月18日丽水

无限地靠近故土

冬日山中一派枯败

被遗弃的果子已腐烂于地

世间的苦难，是否都是罪有应得

生命的不圆满，是否才让我们的此生

变得矫情、落魄，而富有意义

在不断的遗忘中

我们辜负了时间的赠予

和它的良苦用心

并在一次次的挫败中，无限地靠近故土

2012年12月7日丽水

上 天

有些人，已经早我们
先上了天
并且，把痛和苦埋藏在了白云深处

我还在地上
颠沛流离、患得患失
似乎是已经找不回真身了

逃到丛林山野里
闭关数日，仍无法使我解脱
这人世
已让我无法自拔

2012年12月22日丽水

笑忘书

枯坐于此

不如去听风

或查看地形，或林间拾柴，也不枉此行

为了更好地遗忘，更光彩地存活

耗尽了尘世的恩典和慈悲

学会了一副好手艺，忠诚地保守着一份秘密

和山川共用一个理想国

看破神迹，著天书

下笔，才如有神

远方友人，见字如晤

勿念

2012年10月8日丽水

步古人后尘

我还未老
却有白发在增多
莫非也要步古人后尘

无须捋须、着长衫
就学一学他们
在古道边咏怀

2012年12月1日丽水

即 景

冬日的山涧水
显得特别瘦
野风变得漫无目的
像乡村里的一条瘸了腿的母狗
不知在寻找什么

对面山坡上，长歪了的树
在落日面前下跪
此情此景，要把一个健全的人
看得心生内疚

暮色在加深，正是天人合一之际
树木、河流、天空、乱坟岗
和神伸出来的手，都无法一一辨认
这多么平等，谁也拿不出什么东西来以正视听

2012年12月1日丽水

咏官浦垟

神居住的广袤雾霭
吐纳出一幅山水画——
群山在云端漫步，泉水奔流不息
雨中的官浦垟，遗落在浙西南的一个山谷里
默不作声

我不曾带来什么，过客一般
与你长久地对视
山风吹过，似在歌咏，又在低吟
有如故人引领

择村落土屋一间，山居于此
做一个崭新的古人
酒就不喝了，也不会友
隔着茫茫无边的枫树林
醉了一般，染上时光的暗疾
不知可与谁人说

2012年5月28日丽水

那未知的隐秘的世界

曾不止一次跟身边友人讲起

这个南方小城

有山、有水，空气清新

一条江穿城而过，关键是

城中就有小山坡，森林公园在不远的城郊

其实，有何不好的呢？

是啊，我说不出

它有什么不好

要说不好

是我对生活的热爱还不够

那未知的隐秘的世界，日日有新生

我还没法一一应付过来

2012年4月30日丽水

在箬寮原始林偶遇瀑布

游步道上的石阶引领着我,一步步登高

一次次探出身子

从天而降的瀑布之水

仿佛山川流逝的血脉

奔腾作响、日日常新,带来猎猎山风和万丈雨水

这副旧身躯,像箬寮原始林中

狭长而空旷的山谷

它在破碎的时间里,陨落和重生

喜于与大自然的任何一物相遇

与撼人心魄的群山之美共存

2012年7月1日丽水

枫杨林

在江南的九龙湿地公园

这些绿油油的落叶大乔木，屏住呼吸

在我到来前，早已列队集合

它们脚边的水流和草木，如此瘦弱、青翠，又心事重重

不急不缓地哼着一曲衰老经

这个清晨，忍不住踏进这片枫杨林

湿泥土和细碎花，一个劲地往脚拇指和小腿肚上爬

周遭的鸟鸣，一声声滴进耳朵

把我也滴成了一滴春水——圆滚滚，赤身裸体地

被广阔的碧湖平原环抱

呵，如此羞愧、矫情，又顺理成章

2012年4月30日丽水

京杭大运河

光滑的青石板，作为天生的死者

在岸边替我们受难

它心里的墓碑、尸体，经受着浑浊的运河水的打磨

故人已先于我到达，向一棵芦苇学习悲怆和轮回

用一阵南来风，溅湿茶室里的烟尘

在一张褶皱的宣纸上，浸淫出小幅山水画

马达声昏昏沉沉，穿桥而过

河堤旁柳枝的影子，藤椅上的烟灰缸，和水边的异乡人

都成为废墟，接纳一场残缺的欢宴

呵，面对京杭大运河

茫茫的夜色和俗不可耐的灯火

显得如此无力和穷酸

在水乡，无心为国捐躯

只愿是遗落于此的一小条石斑鱼

被栏杆夜夜垂钓

你可知
涟漪上荡漾的母语，瓦楞一般
卷入汉字的纷纷情欲里，把对岸的人深深吸引

2012年9月20日杭州

| 2011 | 草木之心

墓志铭

对于这人世，还会心碎，还可热爱

还擅长回忆……

对于这虚度的光阴，已备好了一世的烟火

眼下，还有三件事情，没完成：

写诗、恋爱和死亡

2011年4月6日丽水

冬夜记

白天，埋头于生活中的
自我折磨和纠结不清，像一个伪君子
夜晚，独立于星辰下
仿佛一件老物件，承蒙时光的厚爱和宽恕
积了一身尘
像一个结了冰霜的末世帝王

煮酒，夜饮
也有热泪，也有悔恨
记得某年冬夜，在晚归的路上
夜风沙沙沙地响
像天上落下了毛茸茸的细雪
一个人，走着走着，就呼出了一大片白色的迷雾

2011年12月2日丽水

山　居

在半山坡，和草木对话
顺便抄录李白的好诗，梦回唐朝或前生

某日，从野外饮酒归来，醉则醉矣
无非就是吐一些身体里的悔恨、屈服和记忆

某日，看到了在光线中躲藏的墓碑和野兽
以及自己暮年时的样子——

离群索居，不爱说话
他愿就此
沉默地度过这一生

不再空悲切

2011年4月4日丽水

夜　咏

山涧的水声

稀里哗啦响个不停

石缝里的虫鸣，不知疲惫地跳跃着

此刻的宁静，就是头顶的星辰，还在高处闪烁

李白、白居易、陆游

谢灵运、苏东坡……他们远道而来啊

以雕塑的外形

在林间投下了前世今生的身影

我突然激动起来

跟着他们着长衫，捋须吟咏

醉卧山水间……这多么的有意思啊

白日里的一次次徒劳，此刻都得到了谅解和宽恕

2011年9月1日丽水

忆先人

白月高悬，适合弹古琴、述往事

细嚼缓慢的时光

万物悄然生长，草木深处的孤坟

微微隆起，仿佛山林怀抱里

孕育的另一次重生

林间的风们，吹送我、抚摸我

摇响我身上的枝叶

它们拥有年轻的爱情，和一副好情怀

对美好的事物，胸怀羞愧之心

以此获得宁静的力量

不为人知地虚度光阴

也可能是福的一种

此生无涯，遥想先人，是否如我一般茫然

2011年9月12日丽水

古人伤春

古人在春风中写诗、独酌，绝尘而去
他们冷暖自知，不孤独、不心碎
从不写多余的句子

远山静卧，不为人知，不会说话
春风不度我，草木独自深
这大好时光里，没人跟我去私奔

徒留一人，石头般锈迹斑斑
这副旧身躯啊，它从命里租来
不知何时归还，还管不了那么多的生离死别

2011年3月15日丽水

古人有一颗不朽的心

古人有一颗不朽的心
在荒废的坟茔里，低语和沉吟

春风卷起一本线装书
在杉树林里，诵读和抒情

徒留我这个异乡人，枯坐于此
写无用的诗，辜负了这大好河山

2011年3月29日丽水

野 外

暮晚的小树林

还可以看到稀疏的枝丫

对面的田野，已茫茫无边

电线杆矗立于此，多么像高耸的十字架

连接着地平线与头顶的苍穹

它无意拉长，生与死的距离

一个个稻草垛是隆起的坟冢，古朴、静穆又孤绝

此时，枯草尚未完全返青

初春就像一块墓地，漫山遍野都深埋着生命

2011年3月13日丽水

草木之心

暮晚时分，万物归隐

独行于山野，患上了眼疾和失眠症

爱上这夜色

爱上这冷暖交替的天气

林间的石头和树木，纹理分明

山坡上遍地的植物，散发着香气

这么多年，它们跟时间交换了什么

忍耐、消磨、抵抗？抑或朴素地衰老

我和它们，在长久的对视里

彼此相认

成为腐烂的黑暗

成为世上的尘土

2011年2月28日丽水

草木深

群山静卧，永不磨灭
此番远行，卸掉了多余的装束

在李山头村，偶遇草木深处的残碑，光线中的这个旧物
它的荒芜和沉默，不可言说
在炉地垟村，沿途的苦槠树，已被时间掏空了躯干

没有一件完美的事，能让我死心
那就和林间的雾霭，谈谈我的衰老、无知和羞愧
直至掩面而泣——

此生，所经历的痛苦，还远远不够
作为理想国的移民
在乱世弹琴，或仗剑走天涯
屈辱地活着，或已死去多年

2011年4月11日丽水

人间草木

亲近草木，被它们深深吸引
深爱它们，却从不说出口
在南方小城的白云森林公园里
它们有着温暖的脸庞和气息

落地生根，在人间找准了位置
知晓土地下的秘密
忠于泥土，漫山遍野地生儿育女

它们不离不弃，不事张扬
面对风雨，逆来顺受，从不向任何人道及
它们的欢欣，就是在夕光中侧身低语
长满皱纹

秋风中，当它们一次次挨近我
我忽然觉得，在尘世还一次次地被爱着
这让我，加深了对它们的热爱

包括它们所热爱的

2011年8月30日丽水

相 遇

这几天，夜夜步行至城北的森林公园

一人独行，秋风微凉

星辰隐匿、虫鸣、脚步声时时响起

一颗心七上八下……唯有暮色沉默，洞悉万物的规则

也曾想在林间空地里

植松柏、筑木屋，打铁、做木

翻阅线装书

以清澈的山泉为明镜

洗濯疲惫的身躯，与涟漪里

另一个褶皱的我相遇

回来的路上，绕过一个弯

遇见两个散步的行人

他们都带着喘息声，各怀心事

再绕过一个弯，就看到了山脚下的万家灯火

从林子里走出来，带着一身露水

重新汇入茫茫人潮中……学习隐身术

成为众多未知的隐秘的事物

2011年9月11日丽水

去野外的林子里饮酒、高歌

去野外的林子里饮酒、高歌，在神居住的广阔夜里
去惊醒荒草丛中的小兽、虫豸，和树梢上的夜鸟
草木深几许，这并不妨碍我饮酒、高歌

夜风里，众声喧哗，众神低语
来自理想国的古人们，他们已经老去
带着淡淡的草药味，在时光的河里行吟

这轮被李白赞美过无数次的明月，也将
再一次被赞美
崖壁上独自摇摆的小树
它的忧伤，无人知晓……这让我有了短暂的沮丧

这臃肿的、醉酒的身体，充满了情欲
因为生活的磨砺，显得笨拙、屈服而落魄
它正试图归还它的容貌、骨骼、血脉，还有抒情

2011年9月4日丽水

星夜感怀

躺在草地上，星星盯着我的眼睛，这多么让人着迷
风一吹，我的心就动了，这多么让人沉醉

我的身体，是今晚狭长的夜空
有时星星遮住我，有时我遮住星星

血脉在体内醉生梦死，运送多余的时间
除了衰老，已没什么值得去抵抗

2011年7月9日丽水

大　象

这林子里的庞然大物
有一颗小小的心
它少言寡语，有一个长长的鼻子

我愿止住呼吸
接近它的气息
学它一起吃素，细嚼人间草木

风餐露宿，接受人世洗礼
"很多时候，要得太多，懂得太多
让我们虚度了这一生"

2011年4月24日丽水

梦中吟

我做过一些梦，也许过一些愿
虽然遥不可及
但不妨碍我满心欢喜，充满热血

我有幸，爱过一些人
也恨过一些人，还错过了很多好时机
我拥有的和失去的，一下子是数不过来了
终会有一天，它们将悄无声息地跟我失去关联

在这个过程里，我有幸学会了爱、懂得、隐忍与宽容
感念至此，几乎要流下热泪

观天象，谈理想
虚度此生，或不枉此行，都已不重要
想到匆忙一生，却不能让你
从众人中一眼认出我……我有愧

2011年8月4日丽水

恐高症

好几次做梦

看见自己被困在很高的一个地方

这地方只容得下一双脚

我颤颤巍巍地站在那里，周身都是黑漆漆的深渊

……我常为此吓出一身冷汗

醒来时，却是另一番庆幸

生命如此局限

相对于浩瀚无边的死亡

也许我们的一生，就是在这样的恐惧和庆幸中

不断打开身体——

在梦中飞翔，最终融入虚无的世界

拉长了我在人间的身影

也耗尽了体内的光

2011年8月14日丽水

脉　搏

这些错综庞杂的枝丫
瘦弱、纤细，河流一样交汇又分散

让深冬的天空，充满裂痕、血丝，甚至闪电
它们在时光里纵横、穿梭，瓜分着暮色

在铺满落叶的地表下，还会有一片倒挂的天空
黑暗的根脉像另外一些枝丫，瓜分着土地的脚步

而那些生活里的细枝末节，让我和你
在命运面前融为一体，又带着脉搏各奔东西

2011年1月29日丽水

辛卯年末夜行有感

林间的石阶，如一块块卧倒的墓碑

领着我，一步步

走出身体

这个冬夜，有个别小兽

在路边的草木丛里，舔舐伤口和孤独

随时会迎面扑来，与我

相拥而泣

2011年12月13日丽水

｜2010｜体温

泅 渡

蹚水声盖过了

一颗石头在河里走动的声响

满天的星辰，盖过了此刻我在人间的孤独

2010年12月8日丽水

此生的故乡

一条有着爱恨离愁的河流
它带上热血，日夜抒情

在森林里畅游，在平原上流放
在城池边缘，让乔木和灌木发出声响

……有一天，它走投无路了
我就和它在墓地里相爱

生死都是恩慈
这副旧身躯，是此生的岸，是最后一个故乡

2010年12月14日丽水

110

体　温

已有多日没给你

寄出书信，告诉你，我的消息

已有多日没与你相见

三月末，草木将自己安放于此

一定是有理由的

在我生活的这座小城里

有一棵摇晃的皂荚树

它碗口大的树干

仿佛是通往土地的隧道

那些平日里，你所未知的好天气与坏天气

正一一经过它

一些纹理和细枝末节

正在它的内心不断地穿行……而你的身体内部

也一定生长着一条

绿色的、白色的、蓝色的和黑色的河流

它每时每刻，都在寻找着

属于自己的体温……从没在你面前停止过

2010年3月29日丽水

秋 歌

在秋风中驻足
抽一根烟，很快就把它抽完
听一首歌，要听到
每个细胞都成为音符
我却不能轻易说起
对你的爱

世间熙攘，这碌碌无为的浮生
为什么这颗心，还会经常疼痛
当有一天
用完了这些长句、短句
病句……对于这人世，我已欠下太多

如果一言难尽，就什么都不要说了
要不，就写封信寄给你
把掉落的叶子当信笺

在梦里，已不再期待与你相遇

不急于知道事物的好坏

原谅生活里的无病呻吟

允许满天的星星

在苍穹里闪烁其词

                            2010年10月18日丽水

悲　歌

暮晚开阔

万物一语不发

旧事荒芜，成为灰烬，成为尘土的秘密

这个独来独往的人

在太阳落山之后，已不再厌世

不再与自己为敌

在草芥堆积的大路上

山峦起伏，风声四起，浩浩荡荡、浩浩荡荡

有如一首悲歌

在大地面前，众生平等

在同一个孤独的地球上，众人与众神分享着

喧嚣与宁静

黑暗和光亮

让这个国度一望无际

而悲伤总是那么不值一提

2010年8月20日丽水

短　歌

我们之间路途遥远
隔着这么多人世的爱恨情仇
不必悲欣交集，也不必相见恨晚

可以一起等待天明或者随时准备赴死就足矣
倘若有辽阔的无尽处，我们都将是
同一片星空或尘土

2010年6月18日丽水

夜行火车

想坐上一列

不知去向的火车

火车上要有夜晚，以及足够多的喧闹和寂静

坐在里面，有如在隧道中穿行

要在半途突然醒来，像一只倦怠的鸟

靠在车窗玻璃上，看到了自己迷离的眼睛

原谅火车晚点，任凭它停靠

然后，随意在哪个站台下车

不看站名，也不看手表

把自己当成这个城市或小镇的子民

但不关心这里的经度和纬度，黎明和黑夜

不关心属于它的天气预报

也不入乡随俗

与这里的很多陌生人

擦肩而过

不特立独行，不步履匆匆

把自己掩埋在嘈杂的人群里

逛无名的街，走不知长短的路

经过不同的橱窗，把自己重新认识一遍

看这里的月亮，是否挂得更加高远

闻这里的土地和草木，是否有熟悉的气味

可以不知道去往哪里，见什么人，做什么事

可以敞开胸怀，满心欢喜

也可以是寡言的，局促不安的

仿佛一棵离群索居或无家可归的小树

迷了路，就把自己站成了路标

2010年9月26日丽水

夜　行

我们停下了脚步

靠在栏杆上

点上一根烟，猛吸了几口

眼前若即若离的星火

让我们不小心

看到了对方黑暗中的脸

小轿车、拖拉机、厢式货车

从我们身边呼啸而过

此时，天上没有一颗星星

我们低下头，看不见桥下的水

抬起头，往更远处看

没看见房屋，没看见这人间的烟火

靠到另一侧的栏杆上

我们才察觉到

四周是庞大而寂静的山川

它们停留于此，已经很多年

2010年8月21日丽水

自　语

浴后的躯体

仍像一颗锈迹斑斑的钉子

这些将跟随我一辈子的血脉、斑痕与伤口

已无法抚平和洗净

面对无边的黑夜，我愿意

就这样暴露我身体里

这些数不尽的细微的隐疾和羞耻

任凭生活的滚滚洪流付之东流

丢掉这些泛滥又无用的抒情和叙述

这个晚上，我只记住了

夜色中的三种生命：

阳台上放慢脚步的小植物、尘世里纹络分明的木地板

以及夜色中迷路的野风

2010年7月8日丽水

夜色里的一棵树

对于遥远的星空，我一无所知
对于脚下的土地，我仍无言以对

站在这样的夜色里
成了一棵被夜风灌醉的小树，一棵沙哑的小树

2010年7月31日丽水

独 居

把门反锁

拉下落地窗帘

在白天点亮一盏灯

关了手机，也卸下身体上

多余的衣物和防备

取下闹钟的秒针、分针和时针

以及它体内的电池、发条

一个人，不为人知地

挥霍掉多余或者绝无仅有的时光

一个人赤着脚，在屋子里穿行

一个人光着身，歌舞升平

有时，也会喜于

做一株屏住呼吸的小植物

在某个角落，独自斑驳

和旧家具上的灰尘对视，但不说话

有如这些年来，我对生活的态度——

隐忍、决绝又妥协

2010年8月19日丽水

写给你

这无处安放的浮生
已无心看升起的太阳
不能为你增添欢乐
从此，就不要再谈论生死
过了明天
我会骑着马来看你

我不会沉迷，也不会陶醉
只会为你掩埋下一条河流的泪水
随时等你浅尝，等你斟酌——
仅此一生，仅此我们相见又离别的一生

2010年7月7日丽水

山坡上的这个男人

请把我种在这片山坡上
记得要在向阳的位置，旁边还要
站着一棵树

或许也可以
成为散落在人间的一颗星星
或是，停留在土地下的
一部分黑暗

躺下去
便拥有了广阔的山峦和水域

2010年9月24日丽水

暮　晚

秋风起，有那么一瞬
我是开阔而飘散的
属于这茫茫无边的暮色

有时候，体内的爱
却狭隘而细微，比不上一头林间小兽
所拥有的爱恨情仇

这回，一个人登高远眺
和身边的草木，谈起了我的理想
——想让白云和尘土
做我的发肤
让山峦和河流，做我的骨骼和血脉

此生，就偏安于一隅了
想去的地方，已没有几处
能记住的人和名字，已经越来越少
……而世间，有多少事物

已经没有了来世

2010年10月17日丽水

云　游

我偏爱的灌木和小乔木
站在原地不动，还是以前的样子
它们用尽了力气，往泥土深处一步步行走

倘若，有一天
我的身上也长满了它们一样的叶子
我会用泉水的眼睛和山峦的歌喉
回望和赞美——

你瞧，我这一生，有如这遍地的草木
又回到了生命最初始的美

2010年9月12日丽水

山 中

天很早就黑下来了
途中的石凳，已经有些冰凉
空荡荡的山林里，只有我一人
夜茫茫，不可触摸

道路两旁的草木融为了一体
深陷在这片黑暗中，安静得好像不再生长
一路上，听细小的虫鸣
但不去找到它们
有时，还可以看到小兽闪烁的眼睛

大多时候，就发发呆
在半山坡上，靠着一棵树
在俯仰间，让一部分的肉体
变得轻盈和柔软，让一部分的自己
被夜风缓缓吹远

2010年10月19日丽水

131

漫　步

水鸟们"嗖"的一声

就没了影

一棵站在春天里的小树

又一次抓紧了

它的根脉、纹络和那条废弃已久的小路

2010年3月27日丽水

江心洲

有人在淘洗，有人在汲水

有人在垂钓、撒网，还有人

在这里拐了个弯

那些与你遥相呼应的瓯江水

已在你的体内

暗流汹涌

在这片广阔的水域上

一阵紧接着一阵的江风

吹散了你脸上的皱纹和满身的尘土

这是春风中的某个午后

停留在江心洲的古樟

在草木的簇拥中，发出了沙沙沙的响声

2010年3月28日丽水

眺　望

终于可以无所顾忌地敞开了

当我卸下平日的尘埃之身

以云雾之形停留于此

我宁愿相信，怀中的这棵百年柳杉

站在这里已经等了我很多年

山间的树丛和竹林，正安详地自言自语

一座大山连着一座大山

路边的风景时而舒展，又时而隐遁

沿着石阶一步一步地往山上走

我们之间隔着厚厚的雾霭和暮色

当我走近你时，它们无意中散开了

而在不远的灌木丛里，它们

又一团团地聚集在了一起

不知从哪里来，却身在此山中

在我们单薄的体内

它们也一次又一次地散开和聚集

像极了云端迈步的鸟雀，在山谷间不断地起伏

当我们走上山顶的巨石和草甸

它们正一遍遍地眺望着

这尘世的一草一木

                      2010年5月31日丽水

冬天的树

你替我站立
替我摇曳，也替我沉默

我想和你交换根须、发肤
交换斑驳、光泽和体温

我是你跟前的一匹白马
也是一片漆黑的荒草

我想让你耗尽我
耗尽我深陷的孤独和身体里的冷

此刻，我已为你空出了一整座森林
举人间的浊酒一杯，要与你对饮一个冬天

2010年1月31日丽水

狂　欢

一人独上城北的山野

路上，开始和自己对话

触景生情时，就谈一谈儿时的理想

而我，已提早发福

已是胸无大志之人，对生活

少了抱怨和牢骚

不再愤世嫉俗，不再梦想飞上半空

在开阔的夜幕下，山野静寂

它愿就此长眠不醒、与世无争

奔赴一场隔世的狂欢

2010年12月12日丽水

| 2009 | 听水

你从远方来看我

我有一个远方的你
远方有多远，你就有多远

如果，突然有一天
你从远方来看我

我会把眼睛闭上
舍不得看你一眼

我知道，看了你这眼
就不知道什么时候才能再看上一眼

而你很快又会走远
走得比远方还远

2009年2月1日丽水

141

在水边写信

这是最后一条瓯江
这是最后一个可以听见水的夜晚
我低着头，在水边写信
在信封里装一滴眼泪、一滴水
放到风中或是水面上

一路风尘仆仆，一路都是无尽的辽阔和沉寂
你不知道，这是最后一条瓯江
这是最后一个可以听见水的夜晚
夜色中，星空让河滩更加旷远
眺望已无济于事，远方还是很远

酒过三巡，水流四季
你收到这封信时，我已微醺
成了茫茫水域上的
一个哑巴，一个瞎子，一个人喝水，一个人流眼泪

2009年3月21日丽水

水边的风

风从水边，从更远的对岸
吹来江面上的帆影、桨声、芦苇叶
吹来浩渺的波澜和更多的风

很多时候，我喜欢把这些风比作水
比作河流，比作我的瓯江
它吹来鱼群、水草和江底的石头
吹来我的抬头纹、鱼尾纹和身体里的皱褶
也吹来我眼睛里的沙子和泪水

一阵又一阵，从上游吹到下游
从时光的这头吹到那头
从我身边，吹到更辽阔的无尽处

2009年3月16日丽水

143

听　水

风在水面上撒网
水里的鱼群学会了缄默
此刻，我坐在
我的瓯江身边，听水
听他们流淌、转弯、靠岸和暗流汹涌

水有眼睛，有耳朵
还有清脆的嗓门
在每个夜晚和清晨
他们的歌唱丰盛而又孤独
有些被我听到了，有些被另外一个人听到了
那些低沉、黯淡的声响
则被鱼群吞进了肚子

此刻，我坐在我的身体里
听到了水、河流和瓯江
他们跟随时光，悲伤着、隐忍着而又幸福着

此刻，我是河中央的

某艘渔船和渔船上的某盏鱼灯

瓯江和她身上的水

是我的村庄，养育我，也歌唱我

2009年10月11日丽水

夜　歌

我坐在这里
坐在明亮的水边

身体里空荡荡的
像一阵没有内容的夜风

当河滩上空，长满星星时
我就成了一场漫无边际的黑夜

2009年3月18日丽水初稿

2014年2月2日玉岩改稿

更多的水

酒过三巡

酒就成了水

眼睛是水，嘴巴是水

连卷曲的发丝

也成了绵延的水

而夜晚，是最大的那一滴

2009年11月15日丽水初稿

2014年2月3日玉岩改稿

| 2008 | 野渡

流　水

在桥头

听江水在流

零星的芦苇早已被淹没

江底的石头和鱼群

也不见了踪影

此时，靠在栏杆上

想闭一下眼

似乎是要睡着了

而江水还是没有停留的意思

要流到什么时候

要流到哪里

连它也不知道

也许有些会流到鱼的肚子里

有些会流到远方怀里

还有些会流到

我睡梦中的耳朵里

如果我一直陪伴着它

它就会一直流到明天天亮

2008年11月29日丽水

野　渡

是野风

吹乱了水面上的星星

是瓯江上的夜鸟

带走了最后一艘渡船

找不到那个

离群索居的摆渡人

今晚，我只能借着月光

爬到树枝上

把自己当成最后一片叶子

当成黑夜的影子

偶尔，也可以

对着茫茫无边的江面

远远地喊上几声：

哗哗——哗哗——哗哗

2008年8月12日丽水

一棵树

别人都说，你是一棵孤僻的树
我也不知道你在等待什么

在偌大的原野上
当我走近你，再挨近你
你没有试着跟我打声招呼
也没有给我一个笑脸

其实，这些都不重要
重要的是，我感谢你轻声细语地来到世间
我愿意做你的亲人，做一个行走的植物人
走累了，就在你身旁慢慢地呼吸、心跳

春天来了，我就带上你远走他乡
沿途的鸟群和花草都在看你
他们也在等你，做他们的亲人

2008年4月2日丽水

过 客

给阴暗、狭小的出租屋

不断添置新家具

给早有的旧物什擦洗身子

给躯体，给无名的尘埃

一个干净的落脚地

给新买的竹凉席

以我的体温和气味

在空荡荡的南方一隅

就把这里当作家吧

我轻声细语地

打开紧闭的窗户

看着渐行渐远的人群

发了一会儿呆

在半夜，常常一人惊起

仿佛一条河刚淌过

我干涸的村庄和身体

卷走了岸边的芦苇

和我身上的衣物

2008年6月15日丽水

| 2007 | 省略

省　略

……如果可以，我多想
省略来时的线索和逃离的方向

省略一生的情节和高潮
省略身边的色彩、气味、词语和声音

也省略多余的抒情和叙述
省略猝不及防的青春、流年和时光

当我一个人站在河面之上，可以
很轻很轻地，告诉你们——

我的亲人和朋友们，请省略我
像省略，彼岸那些记忆和花草一样

2007年6月6日丽水

瓯　江

有一次，我一个人
站在桃山大桥上
看河岸边小小的洼地四周
长满了很多芦苇

风吹来时，他们相互挨紧
风走后，一旁困倦的瓯江
像芦花盛开一样，有种无法形容的宁静
除了看不见的流水声，除了我目力所及的
茫茫夜色

当我像一只飞离树枝的鸟一样
走过大桥时，身后的瓯江
有如寂静，恋恋不舍地
向着我漫延过来……
哗哗——哗哗——哗哗

2007年11月7日丽水

流 淌

如果风一大

如你所料

水面上就会荡开波澜

就像时光和皱纹

流淌在身上一样舒缓

每次站在桃山大桥上时

总想横空一跃

再准确无误地跳入江中

请不要误会，也不要惊讶

我只是想跟着鱼群

在这条美丽的江河怀里

选择安静地流淌

偶尔，也可以调皮地吐吐水泡

2007年12月5日丽水

声　音

想用一把钝刀，搜刮舌苔上的灰烬
想说出声音
说出所有的声音，说出最后的声音，说出声音里的声音

那些说不出来的，白色的声音
黑色的声音，小小的声音
水面上的，泥土下的，眼睛里的
醒着的声音，睡着的声音，空白的声音

一声、两声、三声
走过、走过，打马走过的声音
我，就一个人在沉默
就一个声音在沉默
我，就一个人在说话
就一个声音在说话

我，就一个人在

就一个人在声音的边缘，抚摸一条又一条声音的曲线

2007年3月14日丽水初稿

2014年2月2日玉岩改稿

丢

走在路上的时候，风很大
掀起了一些尘土、纸屑，还有落叶

有时候，我想站在原地
想被风带走

有时候，风很大，风越来越大
一阵风，走丢了
另一阵风，也跟着走丢

走在路上的时候，我总是在寻找
已经或者还未走丢的那一阵风、两阵风

有时候，我怕像风中的一阵风？
把自己带丢了
也怕跟着风，走丢

2007年3月23日丽水初稿

2014年2月2日玉岩改稿

埋　葬

只用花草和树木
埋葬土地、根脉和枝条

只用裸露的身体
埋葬雨水的颜色、气味和脉络

2007年4月5日丽水

发 呆

一只站在枝头

发呆的鸟

是无法接近的

在它的脚下

停着一棵孤独的树

停着一片黯淡的空地

而就在不远处

一个发呆的路人

没有叫声

也没有动作

仿佛一座

被废弃已久的黑夜

2007年10月17日丽水

垂　落

一些细雨，一些下在

黑夜里的细雨，一些只有在灯火前

才能看清楚的细雨

他们垂落，他们在夜色的背面……垂落

没有声响，没有负担，没有杂念

落到水洼里变成水，落到发肤上

变成眼睛……落到另外一些细雨身上

变成珍珠，变成血液

它们沿着河流

和漩涡的舞姿，行走在茫茫水域上

闪烁，消隐，又重新垂落

2007年4月17日丽水

隧　道

沿途河岸的三两人家

开始闪烁起灯盏

往常被事物遮蔽的心

在分隔带、各式标志、标线

还有信号灯之间，开始清晰起来

车子在隧道里迅速穿行

穿过一个又一个幽暗的洞身

在丽龙高速公路的某个路段

在连绵的群山之中

我看到了什么，抓住了什么

如果我突然静止下来

隧道就会迎面而来，然后穿过我

在平坦的沥青路面上

我和窗外迅速移动的世界

就像两片颤抖的树叶

相互贴近，又隔着一张

没有表情的脸

仿佛一颗温热的心，穿过一座千疮百孔的黑夜

2007年11月2日丽水初稿

2014年2月2日玉岩改稿

过 冬

冬天，还是来了

天气开始变冷

在光秃秃的枝条面前

我想和你

一起站成一棵树

交出身上最后一片叶子

我们一起把根脉伸进地底

如果有一天

我们的身体被雪花覆盖

躯体内的时光和回忆

就会变得更加沉寂和漫长

我就想和你，一起过冬

一起怀揣我们的气味和体温

一起向着天空慢慢生长

一起向着春天移动

一起打瞌睡，一起呼吸和哈气

我们一时忘了

扑面而来的季节

一时忘了，我们自己的存在

2007年12月7日丽水

回　信

在府前邮局寄完信后
一路上，我总是在回想
是否已经把信件准确无误地
交给了绿色的邮筒

总怕写错了地址
写错了某个字，某个词语
总怕时光一下子停住了脚步，踩住了信件
或被其他信件挤下邮车

一封信要穿过
太多街道和路口，经过太多双手
不能毫发无损地
递交给对方

希望有一天能收到
一大摞退信
希望那些生命中

亲爱的朋友，都搬离了原先的住址

带着他们的秘密和痕迹，都远走高飞了

那时，才有机会让那些错误的时光

重新被退回

2007年11月21日丽水初稿

2014年2月2日玉岩改稿

| 2004-2006 | 鸟声

月　下

一些风悬在枝头

月亮抖了一下，水面开始起皱

2006年9月30日丽水初稿

2014年2月14日丽水改稿

鸟　声

一只一只跟着叫
清脆幽远

冷空气南下
我多想抓一把鸟声

放进被窝
温暖我失语的身体

2006年丽水

瞬　间

路灯的眼睛
迅速低垂
光在身体内
亮起——
天又黑了

2006年丽水

隔　阂

无边的黑夜
不会为我醒来，也不会为我催眠

我要在一个个黑夜里
独自睡着，独自醒来

在这个过程里，我靠近了黑夜
也加深了与黑夜的隔阂

2005年丽水

潜　逃

我站在身体里
被地平线围困

身体是命的废墟
词是语言的遗址

2004年丽水

一点遗墨　精神山水

——作为一种向度的郁颜写作

霍俊明

> 呵，寂静的山野
>
> 理想国的遗物
>
> ——郁颜《有寄》

　　郁颜的诗歌，让我想到的是时间和历史遗留下来的一点墨块，在现代性的空间里重新成为精神山水——这是"理想国的遗物"。

　　2016年5月初，我在从北京南下江南的高铁上。高铁穿过北方，而我看到的是河北、山东以及苏北地区灰蒙蒙的天空和灰蒙蒙的田野、山地。这让我想到2014年秋天的楠溪江——山水与谢灵运时代相仿，但是在昼夜流淌的江水和横亘安然的远山那里，可以到处见到正在日夜修建的高大建筑和挖沙船的轰鸣声。这就是共置性的时代，每个人都不可能倒退着回到过去。

　　郁颜在自然之物、山水草木面前，在现代性的时间体验和古代性的想象与对话中，最终通过周遭事物来重新认识自我。我更感兴趣于郁颜在那些自然物象面前是否呈现的个人精神渊薮和某种发现性。实际上，郁颜这一向度的诗歌写作难度更大。

翻开诗集目录，我们迎面遇到的是《故人帖》《落叶帖》《指甲帖》《风帖》《分行帖》《春风帖》《秋帖》，还有与"颂""记""歌""吟""咏"相关的大量连带性、延伸性的文本。这些带有明显的"古心""遗留性"的话语方式，很明显地印证了郁颜的写作向度和精神路径。

向古代致敬，向山水重新要诗，有时候很容易成为与时代相脱节的伪古人、假乡绅和过去时的维护者和道学家。以此再来看郁颜的诗，他的这些诗歌在呈现了显豁的时间性体验的同时，在那些物象和心象的互文中透露出时时摩擦和抵牾的内心世界。

在面对山水这些近乎永恒性的事物面前，我们的新时代却制造了新的"风景"。

2004年我曾在北京的798艺术区看过一次实验画展。十多年过去，有一幅画一直记忆深刻。远看就是一幅普通的青绿山水，但是近处仔细一看山是被人工开采过的苍白色，而青绿的颜色是那些建筑的绿色防护网。是的，远景和近景之间是如此的矛盾，而这正是诗人所应该予以完成的发现和命名工作。今天，我们还能够成为王希孟、黄公望乃至张大千笔下在青绿山水间游玩，潇洒尽情释放自我的"古人"吗？现代山水之间每个人手里拿的不是别的，而是手机。这让我想到了两个重要的文本。一个是西川的《题王希孟青绿山水长卷〈千里江山图〉》，一个是翟永明的长诗《随黄公望游富春山》。这两个文本都在反思现代性残酷的一面，一定程度上都呈现了反现代性的现代性。也就是说在这个时代还有免于污染的山水乌托邦吗？正像西川所慨叹的那样——未遭经验损毁的人呵谈不上遗忘。翟永明也在古代山水那里发问现代世界，发现了一个个现代性碎片和21世纪高大楼盘的阴影。由此，人成了分裂的、矛盾的复合体。

那么，郁颜是如何将自然山水转换为内心山水和纸上山水的呢？

——这就是"身体里的故乡"。

郁颜深知——自然山水和日常世界并不在内心之外。这是诗歌的边界，也是内心和真实的边界。越过了这一点，诗人和文本都必然是可疑的。郁颜的有些诗大体能够做到山水的生命化，也就是将所见所闻内化于自我的体验和冥想，让身体在时间中反复试探、发问或确认。由此，我更感兴趣于郁颜的"元诗"。也就是这些相互关联、彼此打开的文本之间有一个核心和原点。那么，郁颜的这首"元诗"在哪里呢？我找到了——

> 暮晚时分，万物归隐
>
> 独行于山野，患上了眼疾和失眠症
>
> 爱上这夜色

爱上这冷暖交替的天气

林间的石头和树木，纹理分明

山坡上遍地的植物，散发着香气

这么多年，它们跟时间交换了什么

忍耐、消磨、抵抗？抑或朴素地衰老

我和它们，在长久的对视里

彼此相认

成为腐烂的黑暗

成为世上的尘土

　　继续从"元诗"和写作精神向度出发，我们可以再看一看郁
颜诗歌中的场景。

　　出现最多的物象和时间性场景是什么呢？

　　山川、落叶、树林、夕光、暮色、夜晚、流水、自我、尘埃、
山野、远方、隐现的墓碑……

　　这些物象和场景的出现是高密度的，是互文性的反复叠加和
强化。而值得注意的是，在郁颜这里，这些场景和物象并非像古
代山水诗和山水画那样是精神封闭的，而是呈现了摩擦的颗粒
感，呈现了一个现代性体验与之的不和谐——"秋已深/我在行进

中的车厢里，越陷越深/像一块石头/在流水里下落不明"。

山野之心、草木之心，如今已不可能，更多的时候我看到了一个灵魂出窍、魂不附体、顺应天命、虚无无着的精神暗影。我看到了一个个企图面对精神自我以及洞悉万物隐秘背后的肉身、真身、替身和化身。缓慢的山水时间、滴漏声以及嘚嘚的"归人"马蹄声，已经被置换为工地的轰鸣声和现代的钟表声以及异乡人的手机铃声。

由此，重新接续"山水"和再度发现自我以及周遭世界，就变得愈益重要。实际上"接续"也非常不易。因为每一个人都处于"古代农耕"与"现代性"之间的"断裂"地带。每个人都必须给"时间"和"自我"一个交代。你必须迎接那些速度、碎片以及随之而来的眩晕和离心感。

这个时代的山河如何能够按住一个个狂躁的心？如何能够让残山剩水重新点染成为一个人的精神山水？在郁颜的文本中，我更关心这一诗人的主体形象。我不断遇到一个枯坐、静坐、打坐、呆坐、独坐的人，遇到那个独处的人。看到了那些"古人""故人""旧我"的恍惚身影——"只待春风/吹我/有如吹一个新鲜的古人""而我/梦里访古人不遇""总有那么一个时辰，会在独处时/慢下身来/如遇晚归的故人""和身体里的每一个旧我打个招呼"。他遭逢一片片落叶，看到时间的亮光和人迹罕至处的斑驳阴影，看到山下的人间灯火，看到自己内心的潮汐圆缺。

——他提前领受了"中年人"的"暮年之心"。

　　我在郁颜这里看到了一个精神性的自我和日常性自我之间的重叠和龃龉。在不急不缓的适度语速中，郁颜仍然有一颗迟疑的紧张之心。在时间性的草蛇灰线中，人迹、神迹和精神遗迹彼此发问。草丛中一闪而逝的小兽，是暌违的神性的暗示，还是历史的化身？

　　在此意义上，"山水课"并不是简单的情感教育，而是时间性的对话，也是时代带来的训诫。由此，郁颜最终呈现给我们的是"记忆之诗"。我喜欢《马铃薯记》《拔草记》这样的有生命温度和记忆深度的诗，既有细节的擦亮也有整体意义上对现代生活的重新打量与衡量。

　　时间的洪水冲击一切，而诗人就是在桥墩上留下自然和历史刻度的人。而对于诗人来说，写作能够对抗虚无。是的。我想到了我的一首诗——《白雪，白象，还有白色的虚无》。

　　（作者系著名评论家、诗人，文学博士，中国作家协会创研部研究员）

187

诗歌评论选录

郁颜的诗有灵性有潜质。郁颜吟咏自然的诗篇，像自然一般质朴，不矫情不做作，有一种属于自然的内在品质，很难得。我去过浙南，这山水更觉亲近了。

——张抗抗（国务院参事、中国作家协会副主席）

写山水使郁颜得到了诗坛的认可。郁颜在继承传统和吸收浙江文化中形成了自己的风格，同时又找到了新的可能的发展空间，找到了旧山水诗的现代性突破。

——叶延滨（中国作家协会诗歌委员会主任、《诗刊》原主编）

郁颜的山水诗很有特点，不光状写山川之优美，更把自己融入其中，见出自己的性情与人格，客观的景与主观的情达到了完美的融合。

——吴思敬（首都师范大学人文学院院长、博导，《诗探索》主编）

郁颜的诗有自己的特质，这是难能可贵的。他笔下的山水、草木与人世，可以听见呼吸和血脉的流动，皆有冷暖。因而，在他的诗里，无论悟道、修身还是养性，我们能够读到一种朴素、一种开阔。可以说，在80后诗人群体写作中，郁颜无疑有极高的辨析度。

——梁平（四川省作家协会副主席、《青年作家》主编）

郁颜的山水诗中，那些对自然界景物的描摹渗入了个人化的人性思考，他对生活中某种场景和感受的精确把握，使他的诗散发出独特的"郁颜式"味道。

——郁葱（河北省作家协会副主席、《诗选刊》原主编）

古风般的文字，行文节制，感悟超然，是多年少见的真正已把山水按住的佳作。郁颜的诗读来有如寒夜炉前热酒，有《心经》在手。

——汤养宗（诗刊社第29届"青春诗会"导师、诗人）

郁颜以山水诗的魅力，重新复活了古老的诗意，并且试图去激活一个传统的诗学话题。郁颜的山水诗的重要意义在于，在越来越物质化、功利化、技术理性化的语境下，人的灵魂肖像越来越模糊，只有借助自然山水的映照，才得以确认自己。它的意义还在于山水诗与现实语境的巨大张力的彰显上。

——赵思运（浙江传媒学院文学院副院长、文艺学博士、诗

评家）

　　托山水以寄意，绘风物以传情，这是郁颜诗歌的一个独特美学向度，也代表着新世纪以来80后诗人的某种不乏诗学价值的艺术追求。郁颜的诗一般篇幅不长，但韵味丰足，情趣弥漫。诗人常常能从独异的视角切入山光水色，提取景物之中为人所忽视的外在情貌与内在精神加以细致描摹，并借助某种特殊的抒情孔道，将诗人自我隐秘的心曲和雅洁的情怀敞现出来。

　　　　——张德明（南方诗歌研究中心主任、文学博士、诗评家）

　　对个人内心世界的关照和审视，是郁颜诗歌的主要着眼点。他的诗善于营造整体诗意上的和谐，让人想起《预言》时代的何其芳，或早年搭乘父亲军舰在海上飘流时期的冰心。

　　　　——柯平（浙江省作家协会诗歌创委会主任、诗人）

　　郁颜的山水诗中有一种山水乡愁。当一个诗人面对山水，除了赞美，更深层的是敬畏与愧疚，郁颜做到了。同时，从中可看到他又从山水反照自身，从而获得了山水深处的人格启示——山水即自身。

　　　　——马叙（浙江省作家协会散文创委会主任、作家）

郁颜的诗在地方风物的呈现之外，有一种传统士大夫的古雅情怀。他用缓慢的韵律和浸润着愁绪的表达，将这古意演绎得清俊而悠长。

——曹霞（南开大学教授、文学评论家）

郁颜的诗呈现出一种慢，因为这种凝神观照的慢，事物呈现得更加清晰、细致。正因为这种慢，使他少了一份青春的躁动，多了一份沉静；少了一份浮浅，多了一份从容。

——唐力（中国作家协会《诗刊》原编辑、诗人）

郁颜还很年轻，却有一份淡泊的心境，一份怀古的情结。他的诗体现出一种与实际年龄极不相符的早慧和早熟，一种历经人世的深切的生命体验和旷远的人生情怀。

——熊焱（四川省作家协会《星星》诗刊编辑、诗人）

诗歌创作年表

2004年9月，考入丽水学院中文系，开始大量写诗，真正踏上诗歌之路。10月，加入学生社团——露路诗社，狂热地爱上诗歌。12月，以初中毕业时起的笔名郁颜，在露路诗社社报《瓯帆诗报》上发表诗歌处女作。

2005年，几乎拿遍了校园文学大赛诗歌奖一等奖。《松阳文艺》2005年第1期发表诗歌《家乡》（外二首），第一次在县级刊物发表诗歌。担任露路诗社副社长、社报《瓯帆诗报》主编，组织策划了大量诗歌活动，团结了一大批校园诗人。

2006年，在《诗潮》2006年7—8月号发表诗歌，作品第一次在省级刊物发表。《青年文学》2006年第12期"中国80后诗歌大展专号"发表诗歌《守夜人》，作品第一次在国家级刊物发表。同时，还在《诗歌报月刊》《大学时代》等报刊发表早期诗歌。

2007年，主编民间诗报《诗青年》。《星星》诗刊2007年第10期发表诗歌《空旷》。《诗选刊》2007年第6期"博客诗选"栏目头条发表《郁颜的诗》（组诗11首）。《诗选刊》2007年第11—12

期"2007中国诗歌年代大展"发表《郁颜的诗》（组诗10首）。《文学港》2007年第6期"中国新诗歌专刊"头条栏目"新新诗人"发表《静电》（组诗15首）。同时，还有诗歌入选《2006中国最佳网络诗歌》等年选，在《绿风》《黄河文学》《南方文学》等报刊发表。

2008年3月，获《星星》诗刊颁发的"2007中国·星星年度诗人奖"，第一次在全国诗歌大赛中获奖，获《青年文学》主办的全国青年爱情诗歌大赛佳作奖；4月，获第25届全国大学生樱花诗赛诗歌奖，获《扬子江》诗刊社主办的全国校园诗歌奖；6月，首部个人诗集《郁颜诗集》由《星星》诗刊编选、四川美术出版社出版；7月，大学毕业到丽水日报社工作，成为一名新闻记者，诗歌"产量"大幅下减。《星星》诗刊2008年第1期发表诗歌《瓯江》《星星》，《星星》诗刊2008年第9期重点栏目"青年诗人"发表《辽阔的寂静》（组诗4首）。《绿风》诗刊2008年第4期头条栏目"实力诗人8家"发表诗歌《树林》（组诗4首）。《文学港》2008年第4期重点栏目"新实力诗人"发表《南方来信》（组诗6首）。同时，还有诗歌入选《2007中国新诗年鉴》《2007中国最佳诗歌》《中国诗库2007卷》《2008中国诗歌档案》等年选，在《诗选刊》《诗歌月刊》《文学界》《散文诗》等报刊发表。

2009年6月，创作事迹入选新世纪十年中国新诗大事记；7月，《诗刊》2009年7月下半月刊发表组诗《冷暖自知》（组诗5首）；8月，《散文诗》2009年8月号"八十年代"栏目头条发表《散落的幸福》（组诗20首），受《散文诗》杂志邀请参加第9届全国散文诗笔会（未成行）。同时，还有诗歌入选《2008中国年度诗歌》《中国当代诗库（2008卷）》等年选，在《诗歌月刊》《诗林》《诗江南》《中西诗歌》《延安文学》《浙江作家》《河南作家》等报刊发表。

2010年2月，加入浙江省作家协会。《诗刊》2010年1月下半月、3月下半月刊、7月下半月刊、9月下半月刊共4次发表诗歌8首。《星星》诗刊2010年第6期"发现"栏目发表《冷冬》（组诗4首）。《诗歌月刊》2010年第8期发表《郁颜的诗》（组诗9首）。《诗江南》2010年第4期重点栏目"江南风度"发表《自语》（组诗6首）。同时，还有诗歌入选《2009中国最佳诗歌》《2009中国散文诗精选》等年选，在《扬子江》《中国诗歌》《文学界》《文学港》《浙江作家》等报刊发表。

2011年4月，获第19届"柔刚诗歌奖"新人奖提名；5月，获2010年度浙江省文学期刊创作成果突出奖。《诗刊》2011年3月下半月重点栏目"青年诗人动车组"发表《故乡的草木》（组诗7

首），此外，《诗刊》2011年5月下半月刊、6月下半月刊、12月下半月刊共3次发表诗歌4首。《青年文摘》彩版2011年第13期转载诗歌《你从远方来看我》。《星星》诗刊2011年第2期"发现"栏目发表《郁颜的诗》（组诗4首）。《飞天》2011年2月上半月刊"短诗集萃"栏目头条发表诗歌《冷冬》（组诗4首）。《诗选刊》2011年第10期发表《山中》（组诗7首）。《青年文学》中旬刊2011年4月号发表《自语与泗渡》（组诗10首）。《星河》大型诗刊2011年夏季卷、冬季卷头条栏目"星河浮雕"共发表诗歌31首。同时，还有诗歌入选《2009—2010中国新诗年鉴》《震撼心灵的名家诗歌》《新世纪十年中国诗歌蓝本》等年选，在《扬子江》《中国诗歌》《四川文学》《山东文学》《读诗》《草原》《浙江作家》等报刊发表。

2012年2月，获浙江省青年作家最高荣誉奖2011年度"浙江省青年文学之星奖"提名；4月，获第二十届"柔刚诗歌奖"新人奖提名；5月，获2011年度浙江省文学创作成果突出奖；8月，入围2012年度华文青年诗人奖；9月，参加首届浙江省青年诗人创作研修班。《诗刊》2012年1月下半月刊发表《草木诗章》（组诗7首），《诗刊》2012年4月下半月刊发表诗歌《夜行火车》。《星星》诗刊2012年第1期"发现"栏目发表《郁颜的诗》（组诗4首）。《延河》下半月2012年第11期重点栏目"青年进行时"发表

《相遇》（组诗22首）。同时，还有诗歌入选《2011中国诗歌精选》《2011中国年度诗歌》《2011年度中国诗歌选本》《中国新诗精选300首》《漂泊的一代：中国80后诗歌》等年选，在《诗歌月刊》《诗江南》《中西诗歌》《中国诗歌》《青年作家》《文学界》《广西文学》等报刊发表。

2013年5月，入选"首批浙江省青年作家人才库"；7月，诗集《山水诗》入选中国作家协会2013年度重点作品扶持项目；9月，诗集《山水诗》由漓江出版社出版，入选第29届"青春诗会"诗丛。获2012年度浙江省文学期刊创作成果突出奖；10月15-18日参加诗刊社第29届"青春诗会"，获浙江省作家协会2013年度重要期刊发表成果奖二等奖。《诗刊》2013年1月下半月刊重点栏目"双子星座"发表《山水》（组诗12首），《诗刊》2013年12月上半月刊"绍兴·诗刊社第二十九届青春诗会专号"刊发《山水经》（组诗10首），《诗刊》2013年12月下半月刊"2013年度诗选"发表《冬夜记》。《星星》诗刊2013年3月上旬刊"发现"栏目发表《山水间》（组诗4首）。《江南》2013年12月增刊"浙江省青年作家作品专辑"发表诗歌15首。《野草增刊·绍兴诗刊》2013年下半年刊重点栏目"双子星座"发表《隧道》（组诗10首）。《松阳文艺》2013年第4期发表《郁颜山水田园诗选》（95首）。同时，还有诗歌入选《2012中国年度诗歌》《2011—2012中国新诗年鉴》《2012—2013中国年度诗典》《中国好文学·2012最佳诗歌》《2012中国年度好诗三百首》《21世纪诗歌精选之4·每月推荐专辑》《世界现当代经典诗选》《中国当代诗歌选本》等年选，在《中国诗歌》《诗选刊》《诗江南》《绿风》《星河》《广西文学》《山东文学》《深圳特区报》等报刊发表。

2014年1月，获美丽中国·2013汉语诗歌盛典：2013年度优秀作品奖。7月21日，加入中国作家协会；10月，获2014年度浙江省重要期刊发表成果奖一等奖；12月，参加由中国作家协会创研部、中国作家协会诗歌委员会、诗刊社主办的第29届"青春诗会"作品研讨会。《诗刊》2014年5月上半月刊发表《尘埃诗》（组诗6首），《诗刊》2014年8月下半月刊发表《如寄》（组诗6首），《诗刊》2014年6月下半月刊"双子星座"栏目发表诗歌评论处女作。《人民日报》2014年4月21日24版"大地副刊"发表诗歌《听水》（外一首）。《青年文学》2014年第1期发表《山风轻抚故土》（组诗7首）。《星星》诗刊2014年第2期发表《山水诗》（组诗4首）。《渝水》诗刊2014年第1期头条"首席诗人"栏目刊发《山中拾遗》（组诗9首）。同时，还有诗歌入选《中国2013年度诗歌精选》《新世纪诗典》，在《中国诗歌》《中国文化报》《青年作家》《文学港》等报刊发表。

2015年4月，获浙江省活力青年作家奖；6月6日—12日，赴台湾参加由中国作家协会、诗刊社举办的第2届两岸青年诗歌创作座谈会；9月，入围中国诗歌学会主办的"2014—2015年度中国诗歌排行榜"榜中榜，入围2015年度华文青年诗人奖。《诗刊》2015年6月下半月发表《去野外的林子里饮酒、高歌》，《星星》诗刊2015年第5期发表《虚度集》（组诗4首）。台湾《创世纪》诗刊2015年6月夏季号发表《郁颜的诗》（组诗3首）。《南方诗歌》2015年第2期发表《虚度》（组诗12首）。同时，还有诗歌入选《2014年中国诗歌精选》《2015年中国诗歌精选》《2014中国年度诗歌》《2016天天诗历》等年选，在《中国文化报》《扬子江》《江南诗》《中国诗歌》《诗歌风赏》等报刊发表。

后记：对抗虚无的悟道之旅

在浙西南的山旮旯里，有一个小镇，小镇的名字秀气又拙朴——玉岩。

约莫是初中毕业时，我给自己起了个笔名——郁颜，和那个生我养我的小镇有着同样的读音。

很多年后，"生于浙西南一个叫'玉岩'的小镇"，在我的创作简介里都是无法省去的。

我是从2004年上大学时开始写诗的。

高考失利，上不了北上广等大城市的学校，上的是本市一所地方院校，离老家玉岩有两个多小时的车程。在当时，可谓是异常失落。在入学不久的一个周末，百无聊赖的我，加入了文学社团——露路诗社。这仿佛是我和诗歌的一种巧遇，而因内敛的性格使然，这似乎又是一种必然。

那真是一段骚动而又充满激情的青春期写诗时光！上课写，下课写，大半夜还写。多的一天，甚至可以写上十多首。和很多同年代的大学生诗人一样，那时也深受北岛、海子、顾城等诗人的影响。诗歌写得朦朦胧胧，有的连自己也看不懂。那时的学业，自然是被搁置在一边了。好在大学，还算是包容的。写诗、发表、获奖、编诗、搞活动，玩得是不亦乐乎。

199

"纯情的姿态、华美的言辞，平缓中略带几分忧伤的语调，他是那样沉溺于自己制造的语言游戏中……到底是仅仅学会了这一招，还是阶段性的个人偏好？这个问题，就不是我能说得上来了，还是让他在今后的作品中自己给我们一个完美的答案吧。"大学期间，诗人柯平在给我写的一篇评论里这样写道。他给了我写作最初的鼓励和期待。

2007年10月，也就是大四上学期，我在《星星》诗刊首次发表了习作。2008年3月，在大学临近毕业时，又非常意外地获得了《星星》诗刊颁发的全国年度大学生诗人奖，为大学的写诗生涯画上了一个也算圆满的句号。当时的颁奖词是这样写的："对心灵的关注和探求，使郁颜的诗具有一种沉思冥想的美。他善于以轻灵的语言勾勒出奇幻的情景，而包裹其中的是诗人沉甸甸的内心。"

2008年7月，我大学毕业，留在当地一家报社做了一名新闻记者，工作、生存的压力，让我无暇顾及诗歌写作。在社会现实与诗歌理想之间错位、游移、徘徊，诗歌"产量"急剧下降。

告别了青春年少的莽撞，开始自觉写作后，我也在有意地找寻更加个人化、更加自我的表达方式。

我工作、生活的小城丽水，有条母亲河，名叫瓯江。每当我身心疲惫时，总喜欢到江边走走，吹吹风、发发呆。水面的涟漪、两岸的芦苇，给了我辽阔而流淌的诗意享受。我开始静下心来，专注于对一条江的抒写。2009年7月，我第一次如愿以偿地在《诗刊》发表《冷暖自知》（组诗5首）。

随后的几年时间里，偏居于浙西南一隅的我，从写瓯江，到写一草一木，再到写山水，完成了与自然的一次次对话。漫步山野，亲近草木，让我获得了一份宁静的力量。

我承认，我是个胸无大志之人。然而，什么又是大志呢？

山水让我沉醉，让我敬畏，让我懂得慈悲。同时，也给我以朴素的情怀，和无限的诗意——这，何尝不是一种相遇？

在写好"人"这首更大的"诗"的过程中，我甚至梦想学古人——"植松柏""筑木屋""打铁""做木""翻阅线装书""着长衫""捋须吟咏""醉卧山水间"……跟随他们观天象，与他们谈理想。

古人生活里的山水，让人心向往之——在山水间，无论是枯坐，还是打坐，都适合抒情、怀古。

诗人叶延滨说："写山水诗使郁颜得到了诗坛的认可……形成了自己的风格，同时又找到了自己一些新的可能的发展空间。"

诗人梁平说："郁颜的诗不随波逐流，不故弄玄虚，写得结实而富于想象。他笔下的山水、草木与人世，可以听见呼吸和血脉的流动，皆有冷暖。因而，在他的诗里，无论悟道、修身还是养性，我们能够读到一种朴素、一种开阔。可以说，在80后诗人群体写作中，郁颜无疑有极高的辨析度。"

2013年，我以一组山水诗参加了诗刊社第29届"青春诗会"，用老诗评家谢冕的话说，就是"正式向诗坛报到"。

从习诗到向诗坛报到，我用了差不多十年时间。这十年，不短也不长。在很多人眼里，我可能还是个幸运儿。

如今，回头一看，其实是应该值得警惕的。我不愿就此，被贴上"山水诗人"这样的标签。那些情真意切之时写就的所谓山水诗，又是如此的虚弱和不真实。

诗人、诗评家霍俊明在一篇评论文章里说："郁颜沉浸于'新山水诗'的写作冲动和欢欣之中。他的那些诗有灵气，有想法，当然对于他的山水诗我也有过不小的疑虑。如何在一个灰霾滚滚的时代写作那些看起来已是恍如隔世的'自然'诗篇？"

我们这个时代，正被崛地而起的高楼，冰冷的机器，一种失去温度的节奏所充斥。将自然的"根"，连根拔起。当我们再次走进山水，这个山水已经不是以前的山水了。

这些年来，我生活的这座南方小城，也加快了它的城市化进程。故乡、故土，正在时刻萎缩。这个过程，也曾让我感到恍惚、惶恐与失落。

我们终要妥协、隐忍，或者自欺欺人。

告别纯粹的山水诗写作，这两年来，我的写作沉陷在对于个体的"我"的确认——怀疑——确认之中，期间还夹杂着对命、命运的一些体验和诘问。

在《异乡记》里，我这样写道："我是我的反动派／和一切苦痛的源头／／我是一个卑贱者／和命运的执行者／我悲伤，是为了／获得喜悦的意义／／我写作，以对抗虚无／以忘却生活给我的一次又一次羞辱。"

我在《诗刊》2016年2月上半月"每月诗星"栏目刊发的《身体里的故乡》（组诗）里这样写道："身体有它的过错、隐秘与局促／每一处伤疤，都是它的故乡／／它们替你喊疼，替你埋葬悔恨／隐瞒你，包容你，忍耐你，又无声地陪伴你。"

这组诗被评论家赵思运认为是"转型之作"，并被看作是"从文化标本的描摹到生命体验的掘进"。他说："当初郁颜在痛苦中'怀着对山水的热爱，写下了这些不合时宜的所谓的山水诗'，而今将会在山水诗与现实世界的两极张力中，将更加复杂的人性生存面貌与生命体验的分裂感充分表达出来。"

诚如斯言。

写诗，就是一场对抗虚无的悟道之旅。

唯愿在今后的创作中，能打开更多幽闭的意境和诗思，重新回到当下日常，在现实与幻境的不断错位、纠结与抽离中，打开身体与记忆之门，刷新惯有的认知与体验，写作出更多无愧于心的生命之诗。

郁　颜

丙申年谷雨于丽水

图书在版编目（CIP）数据

虚无集 / 郁颜著. — 2版. — 成都：四川文艺出
版社，2019.4
ISBN 978-7-5411-5301-3

Ⅰ.①虚… Ⅱ.①郁… Ⅲ.①诗集—中国—当代
Ⅳ.①I227

中国版本图书馆CIP数据核字（2019）第041981号

XUWU JI

虚无集

郁颜　著

责任编辑　　舒晓利　奉学勤
封面设计　　鸿儒文轩·书心瞬意
内文设计　　史小燕
责任校对　　王　冉

出版发行　　四川文艺出版社（成都市槐树街2号）
网　　址　　www.scwys.com
电　　话　　028-86259285（发行部）　　028-86259303（编辑部）
传　　真　　028-86259306

邮购地址　　成都市槐树街2号四川文艺出版社邮购部　　610031
印　　刷　　三河市华东印刷有限公司
成品尺寸　　142mm×210mm　　　　开　　本　　32开
印　　张　　7　　　　　　　　　　字　　数　　140千
版　　次　　2019年4月第二版　　　印　　次　　2021年4月第三次印刷
书　　号　　ISBN 978-7-5411-5301-3
定　　价　　45.00元